DATE DUE

Clifford
EL GRAN
DICCIONARIO

Basado en la serie de libros de Scholastic
"Clifford, el gran perro colorado" de
Norman Bridwell

SCHOLASTIC INC.
New York   Toronto   London   Auckland
Sydney   Mexico City   New Delhi   Hong Kong

This book was originally published in English as Clifford's Big Dictionary.

Translated by María Domínguez

Produced by Downtown Bookworks Inc.

Cover design by Angela Navarra
Interior design by Georgia Rucker Design
Interior redesign of Spanish edition by Joseph Semien

The Library of Congress has cataloged the earlier English edition as follows:

Clifford's big dictionary.
     p. cm.
"Based on the Scholastic book series Clifford the Big Red Dog: by Norman Bridwell Scholastic Inc. : New York, 2010."
ISBN 978-0-545-21772-9 (hardcover)
1. Picture dictionaries, English—Juvenile literature. 2. English language—Dictionaries—Juvenile literature.
3. Clifford (Fictitious character : Bridwell)—Juvenile literature. I. Bridwell, Norman. Clifford, the big red dog. II. Title.

PE1629.C584 2010
423'.17—dc22

2010022720

Spanish edition ISBN 978-0-545-31434-3

12 11 10 9 8 7 6 5 4 3 2 1   11 12 13 14 15 16/0

Printed in Singapore   46
First Spanish printing, July 2011

Clifford EL GRAN DICCIONARIO

Índice

Cómo usar este libro 4

A 8
B 16
C 22
D 35
E 39
F 44
G 47
H 50
I 54
J 56
K 58
L 59
M 63
N 69
Ñ 72
O 74
P 77
Q 85
R 86
S 91
T 97

U 101
V 102
W 105
X 106
Y 107
Z 108

Los colores y los números de Clifford 110

Las estaciones de Clifford 112

¡A jugar! 114

¡Todos tenemos un cuerpo! 116

Lugares donde vive la gente 118

Opuestos 120

Familia y amigos 122

¡Andando! 124

¡Las grandes ideas de Clifford! 126

🦴 Cómo usar este libro 🦴

Un diccionario es un libro de palabras. **Clifford: El gran diccionario** utiliza dibujos de Clifford, sus amigos y otras cosas para enseñarte palabras.

Algunas de las palabras que aparecen en este libro son palabras que ya conoces. Otras palabras pueden ser nuevas para ti. Por eso cada una de ellas está acompañada de un dibujo que te ayudará a descubrir el significado de cada palabra en caso de que no puedas leerla todavía o de que estés empezando a aprender a leer.

Al principio de cada sección aparece una letra en mayúscula y minúscula y un dibujo de Clifford. Todas las palabras de la sección comienzan con esa letra.

Las letras aparecen en orden alfabético. La primera letra es la A. Después están la B y la C. La Z es la última. Si puedes recitar el abecedario, ya conoces el orden de las letras. Todas las letras del abecedario están en una lista que aparece en el borde de la página de la derecha. Si estás en la sección de la C, verás que la C de la lista está dentro de una barra roja. Si estás en la sección de la P, verás que la P de la lista está dentro de una barra roja.

Puedes abrir el libro en cualquier parte y aprender nuevas palabras. También puedes buscar una palabra si sabes con qué letra comienza. Por ejemplo, si sabes que **caja** comienza con C, puedes ir a la lista del borde de la página y buscar la C dentro de la barra roja.

Los números de las páginas están en la parte inferior de cada página.

También puedes ir al índice para ver en qué página comienzan las palabras que empiezan con C.

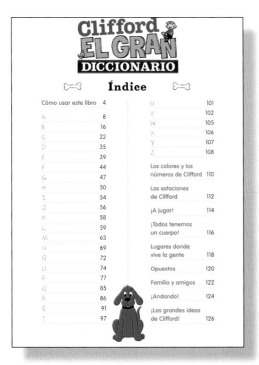

Cómo usar este libro	4	U	101
A	8	V	102
B	16	W	105
C	22	X	106
D	35	Y	107
E	39	Z	108
F	44	Los colores y los números de Clifford	110
G	47		
H	50	Las estaciones de Clifford	112
I	54		
J	56	¡A jugar!	114
K	58		
L	59	¡Todos tenemos un cuerpo!	116
M	63		
N	69	Lugares donde vive la gente	118
Ñ	72		
O	74	Opuestos	120
P	77	Familia y amigos	122
Q	85		
R	86	¡Andando!	124
S	91	¡Las grandes ideas de Clifford!	126
T	97		

⊖ Cómo usar este libro ⊖

pastel

El glaseado de este **pastel** es rosado.

Cada palabra está acompañada de una oración y un dibujo que te ayudarán a entender su significado. La palabra que se ilustra en el dibujo aparece en rojo.

Algunos de los dibujos de este libro muestran más de una cosa. Esos dibujos tienen una flecha azul que señala la cosa que corresponde a la palabra que está arriba.

zanahoria

Las zanahorias son crujientes. A los conejos les gustan mucho las **zanahorias**.

Algunas palabras tienen dos significados. Estas palabras pueden tener dos dibujos y dos oraciones que expliquen los dos significados.

alto

Clifford está volando muy **alto** en el cielo.

alto/alta

Este jugador de baloncesto es muy **alto**.

¡Ahora solamente tienes que pasar la página y aprender algunas palabras!

A Clifford y a Emily Elizabeth les gusta leer. ¡Diviértete mucho leyendo con ellos!

abajo

Clifford persigue a Emily Elizabeth loma **abajo**.

abeja

Las **abejas** vuelan.

abrazar

Emily Elizabeth **abraza** a Clifford.

acariciar

Emily Elizabeth **acaricia** a su cachorrito Clifford.

acogedor/ acogedora

Este mitón es muy **acogedor**. Por eso a Clifford le gusta meterse en él.

actuar

A Clifford le gusta **actuar** como si fuera un camión de bomberos.

acurrucarse

A Clifford le gusta **acurrucarse** cuando va a dormir.

adentro

Clifford va **adentro** de la mochila de Emily Elizabeth.

adiós

Emily Elizabeth dice **adiós** con la mano.

adulto/adulta

El papá de Emily Elizabeth es un **adulto**.

afuera

A Clifford y a Emily Elizabeth les gusta jugar **afuera**.

agacharse

Emily Elizabeth **se agacha** para acariciar a su cachorrito.

alegre

Emily Elizabeth sonríe cuando está muy **alegre**.

alimento

Las personas y los animales comen diferentes tipos de **alimentos**.

almuerzo

El **almuerzo** de Clifford es un hueso.

alrededor

Jetta lleva un suéter **alrededor** del cuello.

alto

Clifford está volando muy **alto** en el cielo.

alto/alta

Este jugador de baloncesto es muy **alto**.

alzar

Clifford es un cachorrito tan pequeño que Emily Elizabeth lo **alza** con una mano.

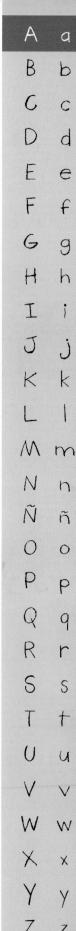

amigo/amiga

A Emily Elizabeth le gusta pasar el tiempo con sus **amigos** Jetta y Charley y sus perros.

ancla

El **ancla** se usa para que los botes no se muevan de lugar.

animal

Los perros, los conejos, los gatos y las ardillas son **animales**.

anotar

Clifford **anota** una canasta.

anteojos

Con los **anteojos** puedes ver cosas que están muy lejos.

antes

Clifford se deslizará por el tobogán **antes** que el niño.

araña

Esta **araña** cuelga de un hilo.

árbol

El **árbol** tiene muchas hojas verdes.

arco iris

Después de llover, busca un **arco iris** en el cielo.

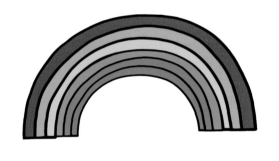

ardilla

Las **ardillas** comen bellotas.

arena

En la playa hay mucha **arena**.

arrastrar

Clifford **arrastra** la pelota.

arriba

Cleo y T-Bone van hacia **arriba**.

asa

Puedes tirar del vagón por el **asa**.

atrapar

A Clifford le gusta **atrapar** la pelota.

a través

Cleo salta **a través** del aro.

aullar

Clifford y sus amigos le **aúllan** a la luna.

auto

Este **auto** es rojo, como Clifford.

autobús

Muchos niños van a la escuela en **autobús**.

auto de policía

El **auto de policía** hace sonar su sirena cuando va de prisa.

avión

Este **avión** de juguete puede volar.

ayudar

A Clifford le gusta **ayudar**. Aquí **ayuda** a los chicos a cruzar el río.

bailar

Clifford se pone a **bailar** cada vez que escucha música.

bailarín/bailarina

Emily Elizabeth parece una linda **bailarina** en su tutú.

balancín

Clifford juega con sus amigos en el balancín.

ballena

Las ballenas son los animales más grandes del océano.

baloncesto

Clifford ayuda a los niños a jugar baloncesto.

balón de fútbol

Los niños juegan fútbol con un balón de fútbol.

banco

En el parque nos sentamos en el banco.

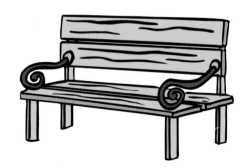

bandera

Esta **bandera** tiene un hueso.

bañar

Emily Elizabeth **baña** a Clifford con agua y jabón.

bastón de caramelo

Los **bastones de caramelo** saben a menta.

bate

El **bate** sirve para jugar béisbol.

batear

Clifford va a **batear** la pelota con su bate.

baúl de los juguetes

Clifford guarda sus cosas en el **baúl de los juguetes**.

bebé

Cuando Clifford era un **bebé**, era muy pequeñito.

bellota

Las ardillas comen **bellotas**.

bicicleta

Clifford monta en **bicicleta**.

bigote

Los gatos tienen los **bigotes** largos.

boca de agua

Los bomberos conectan las mangueras a la **boca de agua** para sacar agua.

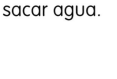

bola de nieve

La **bola de nieve** crece y crece a medida que Emily Elizabeth la empuja.

bolsa

Los huesos favoritos de Clifford están en la **bolsa**.

bolsillo

El Sr. Kibble lleva un peine y un cepillo en el **bolsillo**.

bombero/bombera

Los **bomberos** ayudan a apagar los fuegos.

bota

Las **botas** mantienen los pies calientes y secos cuando está lloviendo o nevando.

bote de basura

La basura debe ir en el **bote de basura**.

bote de remos

Para mover un **bote de remos** es necesario remar.

bote de velas

El bote de velas se mueve con el viento.

botón

El Sr. Miyori tiene tres botones en su abrigo.

bueno/buena

Emily Elizabeth es muy buena saltando la cuerda.

bufanda

La bufanda abriga el cuello cuando hace mucho frío.

burbuja

A Clifford le gustan las burbujas.

buzón

Para enviar una carta, debes ponerla en el buzón de correo.

cachorrito/ cachorrita

Clifford era un **cachorrito** pequeño y colorado.

cada

Cada hoja es de un color diferente.

cadera

Emily Elizabeth hace girar el aro con sus **caderas**.

caer

Emily Elizabeth dejó **caer** un extremo de su cuerda.

caja

¡En esta **caja** hay comida para perros!

calabaza

Las **calabazas** son anaranjadas y redondas.

caliente

El chocolate está muy **caliente**.

calle

La casa de Emily Elizabeth está en esta calle.

cama

En esta cama dormía Clifford cuando era un cachorrito.

cámara

La cámara se usa para tomar fotos.

caminar

Clifford salió a caminar.

camión

¡Este camión rojo puede cargar mucha comida para perros!

camión de bomberos

El **camión de bomberos** hace sonar la sirena cuando se dirige a un incendio.

camioneta

Una **camioneta** puede cargar cosas grandes como una bicicleta o un trineo.

camisa

Charley lleva una **camisa** a rayas.

cangrejo

Los **cangrejos** caminan en el fondo del océano.

cansado/cansada

Es casi la hora de dormir. Clifford está **cansado**.

A a
B b
C c
D d
E e
F f
G g
H h
I i
J j
K k
L l
M m
N n
Ñ ñ
O o
P p
Q q
R r
S s
T t
U u
V v
W w
X x
Y y
Z z

cantar

Emily Elizabeth **canta** "Cumpleaños feliz".

caña de pescar

La **caña de pescar** se usa para atrapar peces.

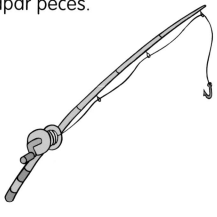

capa

T-Bone lleva una **capa** de superhéroe.

caracol

El **caracol** vive en la caracola.

caracola

En la playa puedes encontrar muchas **caracolas**.

carretilla

Puedes llenar la **carretilla** con muchas cosas diferentes como juguetes o pelotas.

carrusel

El **carrusel** gira una y otra vez.

carta

Me gusta recibir **cartas** por el correo.

casa

Algunas personas viven en una **casa** como esta.

casa flotante

Samuel vive en una **casa flotante**.

casa para perros

Esta es la **casa para perros** de Clifford.

A a
B b
C c
D d
E e
F f
G g
H h
I i
J j
K k
L l
M m
N n
Ñ ñ
O o
P p
Q q
R r
S s
T t
U u
V v
W w
X x
Y y
Z z

casco

Es muy importante llevar **casco** cuando montas bicicleta.

castillo de arena

Para construir un **castillo de arena**, la arena debe estar mojada.

casi

El castillo de arena de Cleo y T-Bone es **casi** del mismo tamaño que Clifford.

celebrar

Charley y Emily Elizabeth **celebran**.

cerrar

Clifford **cerró** los ojos para dormir.

cesta

Clifford lleva una **cesta** llena de flores.

charlar

Mientras la mujer lee, el hombre **charla**.

chimenea

Clifford ve a Santa entrar por la **chimenea**.

cielo

El **cielo** está azul.

cinta

Aquí hay una **cinta** verde y una roja.

A a
B b
C c
D d
E e
F f
G g
H h
I i
J j
K k
L l
M m
N n
Ñ ñ
O o
P p
Q q
R r
S s
T t
U u
V v
W w
X x
Y y
Z z

ciudad

Clifford creció en una **ciudad** con muchos edificios.

Clifford

¡**Clifford** comienza con la letra C!

codo

Tus brazos se doblan por los **codos**.

colcha

En la cama de Emily Elizabeth hay un **colcha** morada.

colorado/colorada

Algo que tiene color rojo. Clifford es un perro **colorado**.

columpio

Es divertido montar en **columpio**.

comer

A T-Bone le encanta **comer** su hueso.

cometa

Cuando hace mucho viento puedes hacer volar una **cometa**.

conejo/coneja

Al **conejo** Daffodil le gusta saltar.

contento/contenta

Clifford está **contento**.

copo de nieve

¡Los **copos de nieve** saben muy bien!

corazón

Aquí hay dos **corazones**: uno es rosado y el otro es rojo.

cordel

Clifford sujeta la cometa por un **cordel**.

corona

Clifford lleva una **corona** de Navidad alrededor del cuello.

correr

A Clifford le gusta **correr**.

cortadora de césped

La **cortadora de césped** corta la hierba.

cortar

Las tijeras pueden **cortar** el papel.

crayola

Puedes colorear tus dibujos con **crayolas** de muchos colores.

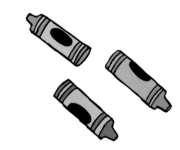

crecer

Los cachorritos **crecen** y **crecen** hasta llegar a ser perros adultos.

cremallera

La camisa del Sr. Howard tiene una **cremallera**.

cubo

En la playa puedes llenar un **cubo** de arena.

cubo

Jugar con los **cubos** es muy divertido.

cubrir

T-Bone se tiene que **cubrir** los ojos para jugar al escondite.

cuerno

Este **cuerno** sirve para tocar música.

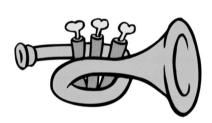

cuidado

Si no anda con **cuidado**, Clifford se puede caer.

cumpleaños

Es el **cumpleaños** de Emily Elizabeth, y todos celebran una fiesta.

dar

Emily Elizabeth le **da** un corazón a Clifford.

debajo

El pajarito está **debajo** del banco.

decorar

Clifford ayuda a Emily Elizabeth a **decorar** el árbol de Navidad.

delfín

A los **delfines** les gusta saltar en el agua.

dentro

Alguien puso los huesos **dentro** de la bolsa.

de puntillas

Clifford camina **de puntillas** para que no lo oigan.

derramar

Alguien **derramó** la pintura.

descansar

Clifford **descansa** en su casita para perros.

desfile

Clifford, Emily Elizabeth y Charley marchan en el **desfile**.

después

Charley se desliza por el lomo de Clifford **después** de Jetta.

detrás

T-Bone se esconde **detrás** de la pata de Clifford.

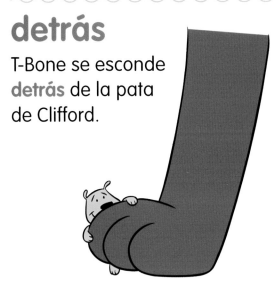

dientes

Los **dientes** de Clifford están limpios y son muy blancos.

diferente

Los colores de estos globos son **diferentes**.

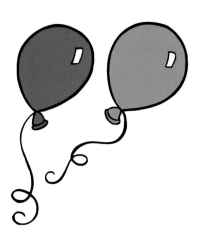

diminuto/diminuta

Clifford era un cachorrito **diminuto**.

disfraz

Emily Elizabeth lleva puesto un **disfraz**.

disfrutar

Clifford **disfruta** de un día soleado en la playa.

divertirse

Los animales **se divierten** en el tobogán.

dolor

Un cangrejo pellizca la nariz de T-Bone. ¡Ay, qué **dolor**!

dormir

A Clifford le gusta **dormir**.

A a
B b
C c
D d
E e
F f
G g
H h
I i
J j
K k
L l
M m
N n
Ñ ñ
O o
P p
Q q
R r
S s
T t
U u
V v
W w
X x
Y y
Z z

ejercicio

A Emily Elizabeth le gusta hacer **ejercicio**. Ella sabe que el **ejercicio** es bueno para su cuerpo.

Emily Elizabeth

Emily Elizabeth es la mejor amiga de Clifford.

emocionado/ emocionada

Cleo está **emocionada**. En cuanto ve a sus amigos se pone muy alegre.

en

Clifford está sentado **en** el guante de béisbol.

encima

Emily Elizabeth lleva la pelota por **encima** de su cabeza.

enterrarse

Clifford **se enterró** en la arena.

entre

Clifford se mete **entre** los pies de Emily Elizabeth.

envolver

Clifford **envuelve** el regalo.

escalar

Clifford **escaló** para alcanzar su merienda.

escalera

La **escalera** sirve para llegar a lugares que están a gran altura.

escoba

La **escoba** sirve para barrer.

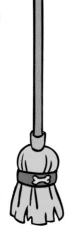

esconderse

Clifford intenta **esconderse** detrás del árbol.

escribir

Clifford sabe **escribir** su nombre.

escuela

Los niños van a la **escuela** a aprender.

esperar

Clifford **espera** a que su almuerzo esté listo.

esquiar

Clifford y Emily Elizabeth **esquían** en la montaña.

estación de bomberos

Los bomberos guardan sus camiones en la **estación de bomberos**.

estrella

Las **estrellas** brillan en el cielo.

estrella de mar

A veces puedes encontrar una **estrella de mar** en la playa.

excavar

Clifford ayuda a **excavar** un hoyo en la tierra.

expedición

Clifford y sus amigos salen en una **expedición**.

extraterrestre

¡Ha arribado un **extraterrestre** en una nave espacial!

A a
B b
C c
D d
E e
F f
G g
H h
I i
J j
K k
L l
M m
N n
Ñ ñ
O o
P p
Q q
R r
S s
T t
U u
V v
W w
X x
Y y
Z z

falda

Emily Elizabeth lleva una **falda** negra.

fantasma

Aquí viene un **fantasma** blanco enorme.

faro

El **faro** alumbra el océano para que los marineros encuentren el camino a tierra.

feliz

Emily Elizabeth se siente **feliz** al lado de Clifford.

ferry

El **ferry** de la Isla Birdwell transporta personas de un lado a otro.

fiesta

Clifford se divierte mucho en la **fiesta**.

flor

Las **flores** crecen en la primavera.

flotador

El **flotador** ayuda a las personas que no saben nadar.

flotar

A Clifford le gusta **flotar** de espaldas.

foca

Las **focas** son muy buenas nadadoras.

frío/fría

El jugo está muy **frío**.

Frisbee

Clifford puede atrapar un **Frisbee** con la boca.

fruta

Las manzanas y las piñas son **frutas**.

fuerte

Los jugadores no pueden parar a Clifford porque es muy **fuerte**.

gafas

Samuel usa **gafas** para ver mejor.

gatear

Emily Elizabeth **gatea** por el piso mientras busca a Clifford.

gato/gata

Los **gatos** tienen bigotes y colas largas.

gaviota

Las **gaviotas** viven cerca del agua y se alimentan de peces.

girar

Clifford hace **girar** el aro.

gol

Clifford patea la pelota y anota un **gol**.

golosina

Las **golosinas** son dulces.

gorra

Esta **gorra** es muy grande
para Clifford.

grande

Clifford es tan **grande** como un
dinosaurio.

granero

Clifford y sus amigos
se esconden
junto al **granero**.

guante de béisbol

El **guante de béisbol** sirve para
atrapar la pelota.

hablar

Clifford **habla** con el pececito.

hambriento/
hambrienta

Clifford está tan **hambriento** que sólo piensa en comer.

hamburguesa

A muchos chicos les gustan las **hamburguesas**.

helado

Hay **helados** de muchos sabores.

heladero/heladera

El **heladero** vende helados.

hermano/ hermana

Flo es la **hermana** de Zo. Tienen el mismo papá y la misma mamá.

hermanos

Estos gatitos son **hermanos**. Tienen el mismo papá y la misma mamá.

herramienta

Puedes construir cosas con estas **herramientas**.

hierba

La **hierba** es verde y muy suave.

hocico

Emily Elizabeth toca el **hocico** de Clifford.

hoja

En el otoño las **hojas** son de muchos colores.

hormiga

Las **hormigas** disfrutan del picnic de Clifford.

hornear

A Emily Elizabeth le gusta **hornear** pasteles.

HARINA

hoyo

Clifford hizo un gran **hoyo** en la tierra.

hueso

A los perros les encantan los **huesos**.

idea

A Clifford se le ocurrió la fantástica **idea** de llevar a Emily Elizabeth en una cometa.

imaginar

A Clifford le gusta mucho **imaginar** cosas.

instrumento

El tambor y el cuerno son **instrumentos** musicales.

ir

A Clifford le gusta **ir** a caminar.

joven

Emily Elizabeth es joven.

joya

A la Sra. Bleakman le gusta usar joyas. Hoy lleva aretes y un brazalete.

juego

Clifford juega un **juego** con Cleo y T-Bone.

juguete

Es divertido jugar con **juguetes**.

juguetón/ juguetona

Clifford es un cachorrito muy **juguetón**.

jugar

A todo el mundo le gusta **jugar** con Clifford.

juntos/juntas

Clifford y sus amigos pasan mucho tiempo **juntos**.

kárate

Clifford practica **kárate**.
Él es un excelente karateka.

ladrar

A los cachorritos les gusta mucho **ladrar**.

lamer

Clifford **lame** a Emily Elizabeth.

lámpara

A las **lámparas** de calabaza se les ponen velas adentro para que alumbren.

lanzar

Emily Elizabeth le **lanza** el Frisbee a Clifford.

lápiz

Los **lápices** sirven para escribir.

largo/larga

Este perro tiene el pelo muy **largo**.

lazo

T-Bone y Cleo atan un **lazo** al rabo de Clifford.

leer

A Emily Elizabeth le gusta **leer** libros.

lejos

¡Clifford lanza la pelota muy **lejos**!

lengua

Cuando Clifford abre la boca, puedes ver su **lengua**.

letra

Aquí están las **letras** A, B y C.

libro

¡Leer **libros** es muy divertido!

linterna

La **linterna** te ayuda a ver en la oscuridad.

listo/lista

Emily Elizabeth está **lista** para batear.

A a
B b
C c
D d
E e
F f
G g
H h
I i
J j
K k
L l
M m
N n
Ñ ñ
O o
P p
Q q
R r
S s
T t
U u
V v
W w
X x
Y y
Z z

llamar

Emily Elizabeth **llama** a Clifford para que venga a comer.

llorar

Si Emily Elizabeth está triste, se pone a **llorar**.

lluvia

Clifford protege a sus amigos de la **lluvia**.

lomo

Clifford se acuesta sobre su **lomo**.

luna

Muchas veces cuando el sol se esconde puedes ver la **luna** en el cielo.

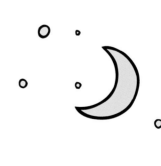

A a
B b
C c
D d
E e
F f
G g
H h
I i
J j
K k
L l
M m
N n
Ñ ñ
O o
P p
Q q
R r
S s
T t
U u
V v
W w
X x
Y y
Z z

maestro/maestra

La **maestra** de Emily Elizabeth es la Srta. Carrington.

magdalena

Esta **magdalena** está bañada en vainilla.

mamá

La Sra. Howard es la **mamá** de Emily Elizabeth.

mancha

Este perrito tiene **manchas** en el lomo.

manguera

El agua sale de la **manguera**.

manzana

Las **manzanas** crecen en los manzanos.

mapa

El **mapa** muestra dónde están los lugares. Este es el **mapa** del pueblo de Birdwell.

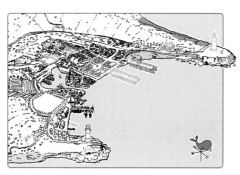

mariposa

Una **mariposa** morada y una **mariposa** azul revolotean.

mariquita

Las **mariquitas** tienen manchas negras.

máscara

Emily Elizabeth lleva una **máscara** de Clifford.

mascota

La primera **mascota** de Emily Elizabeth fue un conejito llamado Daffodil.

medio

Clifford está en **medio** de Flo y Zo.

menear

Cuando Cleo se emociona, **menea** el rabo.

mezcladora

Una **mezcladora** es un camión que carga y vierte cemento.

miedo

Clifford le tiene **miedo** a la lámpara de calabaza.

mitón

Los **mitones** mantienen las manos calentitas cuando hace frío.

mochila

Puedes llevar muchas cosas en la **mochila**.

mojado/mojada

Después de tomar un baño, Clifford está **mojado**.

molesto/molesta

La rana está **molesta** con T-Bone, y no quiere saber de él.

montar

Emily Elizabeth **monta** en el lomo de Clifford.

morado/morada

Cleo es una perra **morada**.

mordida

Alguien le dio una **mordida** a este hueso.

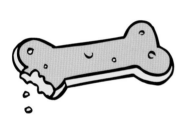

mover

Clifford **mueve** el barco soplando aire en la vela.

mucho

A Emily Elizabeth le gusta **mucho** reír.

muelle

Clifford, Emily Elizabeth y sus amigos pescan en el **muelle**.

murciélago

Los **murciélagos** salen de noche.

música

Puedes hacer **música** tocando un instrumento o cantando.

muy

Este collar es **muy** grande para un cachorrito tan pequeñito.

nada

Nada cuelga de la percha.

nadar

A Clifford y a Emily Elizabeth les gusta **nadar** en el océano.

nadie

Nadie está durmiendo en esta cama.

Navidad

Emily Elizabeth les da regalos a sus amigos en **Navidad**.

nervioso/nerviosa

Clifford se pone **nervioso** antes de actuar.

nido

Los pajaritos nacen en el **nido**.

noche

Los perros aúllan
a la luna en la **noche**.

nube

Las **nubes** son blancas o grises.

nuevo/nueva

Mira qué reluciente se ve este
nuevo camión de bomberos.

número

Para contar usamos los **números**.

123

nunca

Clifford **nunca** pelearía con sus
amigos.

A a
B b
C c
D d
E e
F f
G g
H h
I i
J j
K k
L l
M m
N n
Ñ ñ
O o
P p
Q q
R r
S s
T t
U u
V v
W w
X x
Y y
Z z

baño

Clifford toma un **baño** con su patito de goma.

niña

Jetta, Laura, Mary y Emily Elizabeth son **niñas**.

niño

Vaz, Charley y Dan son **niños**.

señalar

Emily Elizabeth **señala** la mariposa.

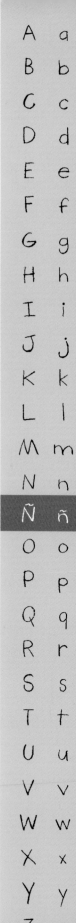

o

Las luces pueden estar encendidas o apagadas.

observar

Clifford observa a Emily Elizabeth.

océano

Clifford juega en el **océano**, muy cerca de la playa.

oficina de correo

Para enviar cartas, puedes llevarlas a la **oficina de correo** o echarlas en un buzón.

ojo

Clifford tiene los **ojos** abiertos.

ola

Clifford nada entre las **olas**.

olfatear

A Clifford le gusta **olfatear**. Cuando **olfatea**, descubre cosas.

oreja

Clifford tiene las **orejas** caídas.

orejera

Las **orejeras** de Clifford mantienen sus orejas calentitas.

orgulloso/orgullosa

T-Bone está muy **orgulloso** porque ganó una medalla.

orilla

La luna ilumina la **orilla** de la playa.

oscuro/oscura

Por la noche, todo está muy **oscuro**.

otoño

En el **otoño**, Clifford, Emily Elizabeth y Charley juegan con las hojas.

pájaro/pájara

Hay muchos **pájaros** en la isla Birdwell.

pala

Para hacer un agujero en la tierra o en la arena necesitas una **pala**.

palo

Emily Elizabeth le lanza un **palo** a Clifford para que lo atrape.

paloma

Las **palomas** son pájaros que viven en las ciudades.

palomitas de maíz

Las **palomitas de maíz** son muy sabrosas.

papá

El Sr. Howard es el **papá** de Emily Elizabeth.

papel

Puedes dibujar en el **papel**.

pastel

El glaseado de este **pastel** es rosado.

pata

Clifford hace girar el carrusel con su **pata**.

patas arriba

Clifford está **patas arriba**.

patear

Emily Elizabeth **patea** la pelota muy duro.

patín

Clifford y sus amigos montan en **patines**.

patinar sobre hielo

A Clifford y Emily Elizabeth les gusta **patinar sobre hielo**.

patio

En el **patio** de la casa de Cleo se puede jugar a muchas cosas.

A a
B b
C c
D d
E e
F f
G g
H h
I i
J j
K k
L l
M m
N n
Ñ ñ
O o
P p
Q q
R r
S s
T t
U u
V v
W w
X x
Y y
Z z

pedal

Los **pedales** sirven para mover la bicicleta.

pedalear

Emily Elizabeth **pedalea** su bicicleta.

pedir

T-Bone **pide** un tentempié.

pelaje

El **pelaje** de Clifford es rojo.

pelota

Es muy divertido lanzar, patear y hacer rebotar una **pelota**.

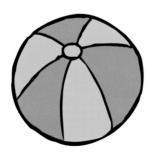

pelota de béisbol

La **pelota de béisbol** es muy dura.

pensar

Emily Elizabeth **piensa** qué quiere hacer hoy.

pequeño/pequeña

Birdy es un pajarito muy **pequeño**.

periódico

En el **periódico** se pueden leer cosas que suceden en todo el mundo.

perro/perra

Clifford es el **perro** más grande y colorado.

perro caliente

A los niños les encanta comer **perros calientes**.

A a
B b
C c
D d
E e
F f
G g
H h
I i
J j
K k
L l
M m
N n
Ñ ñ
O o
P p
Q q
R r
S s
T t
U u
V v
W w
X x
Y y
Z z

pez

Aquí hay dos **peces**: uno dorado y uno azul.

pincel

Los **pinceles** se usan para pintar.

pintor/pintora

Emily Elizabeth es una gran **pintora**.

pintura

Si mezclas **pintura** amarilla y azul, obtendrás **pintura** verde.

pirueta

A Clifford le gusta hacer **piruetas**.

pintura

Emily Elizabeth hace una **pintura** de su perro favorito.

piscina

Clifford y sus amigos se divierten en la **piscina**.

plato

Clifford tiene un **plato** para la comida y uno para el agua.

playa

Clifford y Emily Elizabeth vuelan una cometa en la **playa**.

pluma

Norville tiene **plumas** azules.

por favor

Clifford siempre dice "**por favor**" cuando pide algo.

pregunta

Emily Elizabeth hace una **pregunta**:
—¿Dónde está Clifford?

preocupado/ preocupada

T-Bone está **preocupado**. No encuentra a sus amigos.

presentar

Emily Elizabeth **presenta** a su perro, Clifford.

primo/prima

Rex es el **primo** de Clifford. Su dueña es Laura, la **prima** de Emily Elizabeth.

probar

Clifford intenta **probar** el camión de los helados.

puerta

Para entrar y salir de la casa, debes utilizar la **puerta**.

pulpo

Los **pulpos** tienen ocho tentáculos, que son como sus brazos.

¿qué?

¿**Qué** le pasa a Emily Elizabeth?

querer

Emily Elizabeth **quiere** mucho a su perro colorado.

rabo

Ten mucho cuidado
cuando Clifford
mueva el rabo.
Puedes ser
aplastado.

rana

Esta rana es verde.

rápido

Clifford hace que el barco vaya muy **rápido**.

raqueta de tenis

Para jugar tenis necesitas una **raqueta de tenis**.

rastrillo

En el otoño puedes usar el **rastrillo** para limpiar el jardín.

ratón/ratona

La Sra. Sidarsky es una **ratona**.

raya

Las **rayas** de los calcetines de Emily Elizabeth son rosadas y negras.

rebotar

A Emily Elizabeth le gusta
hacer **rebotar**
la pelota.

red

Emily Elizabeth pesca
con una **red**.

redondo/redonda

Las pelotas son **redondas**.

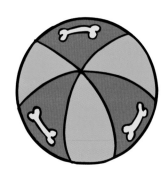

regalo

Es maravilloso sorprender a los
amigos con **regalos**.

regar

Clifford **regó** la pintura.

regazo

Emily Elizabeth tiene un libro en su **regazo**.

reír

A Emily Elizabeth le gusta **reír**.

rellenar

Emily Elizabeth **rellena** el cubo de arena.

reloj

La Sra. Handover lleva un **reloj** para saber la hora.

remo

Los **remos** se usan para mover los botes en el agua.

restaurante

En este **restaurante** sirven pescado. Otros **restaurantes** sirven otros tipos de comida.

rodar

Clifford y la pelota **ruedan** por el suelo.

rodilla

Los calcetines de Emily Elizabeth le llegan hasta las **rodillas**.

ropa

Clifford y sus amigos juegan en la **ropa** sucia.

ruido

Clifford hace mucho **ruido** cuando canta.

saber

T-Bone no **sabe**
dónde está su hueso.

sabroso

Clifford piensa que los perros
calientes son muy **sabrosos**.

salir

Los gatitos quieren **salir** a pasear.

saltar

Emily Elizabeth puede **saltar** muy alto.

saltar la cuerda

Clifford juega a **saltar la cuerda**.

saludar

Emily Elizabeth **saluda** a alguien que conoce.

San Valentín

Los amigos se dan tarjetas en **San Valentín**.

seguir

Clifford **sigue** a Emily Elizabeth cuando patinan.

sello

Necesitas un **sello** para enviar una carta.

semáforo

Cuando el **semáforo** está en rojo se debe parar.

sentarse

T-Bone **se sienta** en la pata de Clifford.

señal

Esta **señal** indica que el autobús para aquí.

siempre

Clifford **siempre** se divierte con sus amigos.

siesta

Clifford toma una **siesta** junto a su oso de peluche.

siguiente

Cleo será la **siguiente** en lanzarse al agua.

silla de ruedas

Mary usa una **silla de ruedas** para transportarse.

sillón

A Emily Elizabeth le gusta sentarse a leer en un **sillón** bien cómodo.

simpático/ simpática

Algo muy **simpático** hace que Clifford se ría.

sobre

Las cartas se envían en **sobres**.

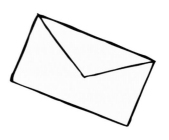

sol

El **sol** está brillando.

sombra

T-Bone y Cleo se relajan a la **sombra** de una sombrilla.

sombrero

El **sombrero** te abriga y te protege del sol.

sombrilla

La **sombrilla** protege del sol y de la lluvia.

sonrisa

La **sonrisa** de Clifford hace que todos nos sintamos felices.

soplar

Clifford va a **soplar** la vela.

Feliz cumpleaños Clifford

sorprender

Algo **sorprendió** a Cleo.

sujetarse

Emily Elizabeth y Cleo **se sujetan** bien al lomo de Clifford.

subirse

Clifford **se subió** encima de sus amigos.

surf

Emily Elizabeth hace **surf** cuando hay mucho oleaje en la playa.

susurrar

Emily Elizabeth le **susurra** un secreto a Clifford.

tarro

Este **tarro** contiene las galletitas favoritas de Clifford.

taxi

En la ciudad, muchas personas utilizan **taxis** para transportarse.

techo

El **techo** de esta casa es de color café.

telaraña

Una araña muy trabajadora tejió esta **telaraña**.

telescopio

Si miras a través de un **telescopio**, podrás ver cosas que están muy lejos, como las estrellas.

tienda

En esta **tienda** se venden juguetes de playa y cometas.

tienda de campaña

Emily Elizabeth duerme en una **tienda de campaña** mientras acampa con su familia.

toalla

Te puedes secar con una **toalla** después de nadar.

tobogán

A Emily Elizabeth le gusta mucho deslizarse por el **tobogán**.

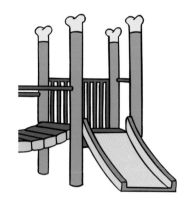

todos/todas

Todos los huevos que están en la cesta son muy hermosos.

tortuga

Las **tortugas** tienen un carapacho muy duro.

trabajar

Emily Elizabeth **trabaja** en un proyecto de la escuela.

tractor

El **tractor** se usa en la granja.

A a
B b
C c
D d
E e
F f
G g
H h
I i
J j
K k
L l
M m
N n
Ñ ñ
O o
P p
Q q
R r
S s
T t
U u
V v
W w
X x
Y y
Z z

travesura

Clifford hizo una **travesura**.

tren

Las personas toman el **tren** para ir de un lugar a otro.

trineo

Es divertido montar en **trineo**.

triste

Emily Elizabeth está **triste** porque extraña a Clifford.

túnel

Si eres pequeño, podrás pasar por el **túnel**.

A a
B b
C c
D d
E e
F f
G g
H h
I i
J j
K k
L l
M m
N n
Ñ ñ
O o
P p
Q q
R r
S s
T t
U u
V v
W w
X x
Y y
Z z

último

Mac es el **último** perro en saltar al agua.

usar

Clifford intenta **usar** el control remoto de la televisión.

valla

La **valla** alrededor del patio no permite que los perros se escapen.

vegetal

Las zanahorias, el brócoli y la lechuga son **vegetales**.

vela

Este pastel tiene una sola **vela**.

veloz

Zo es una gata **veloz**.

ventana

Mira por la **ventana** para ver cómo está el tiempo.

verja

La **verja** te permite pasar de un lado de la valla al otro.

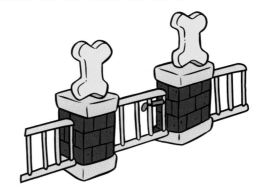

veterinario/ veterinaria

La Dra. Dihn es **veterinaria**. Ella cura animales.

vías

Los trenes viajan por las **vías**.

viento

El **viento** sopla muy fuerte.

volar

Los pájaros **vuelan**.

Washington, D.C.

Clifford visita **Washington, D.C.**, la capital de Estados Unidos.

xilófono

Emily Elizabeth sabe
tocar el **xilófono**.

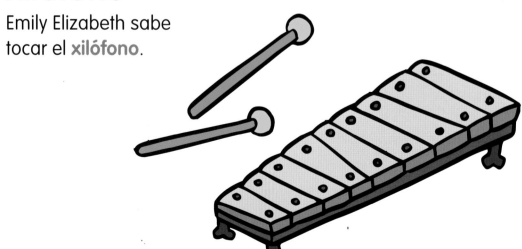

yacer

Clifford **yace** en el suelo.

zambullirse

T-Bone y Cleo **se zambullen**
en el plato de Clifford
para refrescarse.

zanahoria

Las zanahorias son crujientes. A los conejos les gustan mucho las zanahorias.

zapato

Los zapatos protegen los pies.

zigzaguear

Este carro está zigzagueando.

A a
B b
C c
D d
E e
F f
G g
H h
I i
J j
K k
L l
M m
N n
Ñ ñ
O o
P p
Q q
R r
S s
T t
U u
V v
W w
X x
Y y
Z z

Los colores y los números de Clifford

Cuenta con Clifford.

camión de bomberros

calabazas anaranjadas

globos amarillos

árboles verdes

pájaros azules

golosinas moradas

caracolas rosadas

huellas negras

huesos marrones

mariposas de colores

Las estaciones de Clifford

Clifford se divierte todo el año.

Invierno

Navidad

Primavera

Pascua

Verano

4 de julio

Otoño

Halloween

**Día de Acción
de Gracias**

¡A jugar!

A Clifford y Emily Elizabeth les gusta hacer muchas cosas. ¿Qué te gusta hacer a ti?

Hornear

Jugar baloncesto

Acampar

Pescar

Jugar a las escondidas

Jugar fútbol americano

Pintar

Jugar con hula-hulas

Patinar en el hielo

Leer

Esquiar

Nadar

Jugar fútbol

¡Todos tenemos un cuerpo!

Las personas y los animales tenemos diferentes partes en el cuerpo.

Pelaje

Oreja

Ojo

Nariz

Rabo

Panza

Patas

Pelo

Ceja

Ojo

Nariz

Dedos

Brazo

Boca

Pinzas

Pierna

Carapacho

Rodilla

Pies

Aletas

Ala

Pico

Cola

Escamas

Patas

Lugares donde vive la gente

Las personas y los animales viven en lugares muy diversos.

La Isla Birdwell es una **isla**. Está rodeada de agua.

Las **ciudades** tienen mucha gente y muchos edificios.

En el **desierto** llueve poco, por eso es seco.

Los **pueblos** y las **ciudades** tienen lugares para hacer compras, trabajar y comer.

En el **campo** hay espacios abiertos y mucha naturaleza.

Las personas pueden vivir en una **casa**, en un **apartamento** o hasta en un **barco**. Clifford tiene su propia **casa para perros**.

Opuestos

Dos cosas que son completamente diferentes la una de la otra se pueden llamar opuestos. Abajo hay algunos opuestos.

Perro grande   **Perro pequeño**

Caliente **Frío**

Vacío  **Lleno**

Despierto  **Dormido**

120

De frente ⟷ De espaldas

Arriba ⟷ Abajo

Día ⟷ Noche

Desordenado ⟷ Ordenado

Adentro ⟷ Afuera

Feliz ⟷ Triste

Familia y amigos

La Sra. Howard es la **mamá** de Emily Elizabeth.
El Sr. Howard es el **papá** de Emily Elizabeth.
Emily Elizabeth es su **hija**.

La Sra. Howard es la **tía** de Laura.
El Sr. Howard es el **tío** de Laura.

Laura es la **prima** de Emily Elizabeth.

Charley es un **amigo** y Jetta es una **amiga** de Emily Elizabeth.

Clifford es la **mascota**
de Emily Elizabeth.

También es su **amigo**.

Zo y Flo son **hermanos**.
Tienen la misma **mamá**
y el mismo **papá**.

T-Bone es un **amigo** y Cleo
es una **amiga** de Clifford.

Podemos ir de un lugar a otro de muchas maneras.

La gente monta en **autos** para transportarse.

Un **camión** puede llevar cosas grandes, como mesas, de un lugar a otro.

La **mezcladora** lleva cemento.

El **camión del correo** lleva cartas y paquetes.

El **camión de bomberos** lleva a los bomberos a donde hay un fuego.

El **autobús** lleva a chicos y chicas a la escuela.

Los policías viajan en **autos de la policía**.

Los **tractores** se usan en las granjas.

Los botes viajan sobre el agua.

En los **botes de remos** debemos remar.

El **bote de vela** se mueve cuando el viento sopla las velas.

El **ferry** viaja sobre el agua llevando personas de un lado a otro.

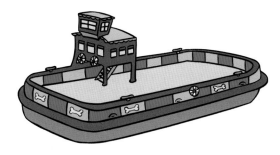

¡Las grandes ideas de Clifford!

Compartir. Si tienes un juguete y dejas que tu amigo juegue con él, estás **compartiendo**.

Puedes **compartir** dándole a un amigo una de tus galletas.

· ·

Seguir las reglas. Cuando **sigues las reglas** y tomas turnos al jugar, tú y tus amigos se divierten más.

Una buena regla a seguir es asegurarse de que todos tengan oportunidad de jugar. No dejes a nadie por fuera.

· ·

Ser respetuoso. **Ser respetuoso** significa que oyes las ideas de las otras personas aunque sean diferentes de las tuyas.

Eres **respetuoso** cuando escuchas a tus padres y arreglas tu cuarto si ellos te lo piden o cuando aceptas hacer alguna otra cosa aunque no la quieras hacer.

Trabajar en equipo. Cuando cooperas con tus amigos, tu familia y tus compañeros de clase, **trabajas en equipo**.

Puedes **trabajar en equipo** si utilizas tus bloques para construir un edificio con tus amigos.

Ser responsable. **Ser responsable** significa hacer tus deberes y aquellas cosas que las personas te piden.

Eres **responsable** cuando te lavas las manos antes de comer, limpias el desorden que haces o haces tus tareas a tiempo.

Decir la verdad. **Dices la verdad** cuando eres honesto y no mientes.

Dices la verdad cuando cuentas lo que pasó, no importa si comiste una golosina cuando no debías o si regaste algo.

Ser amable. Cuando eres amigable y ayudas a las otras personas, **eres amable**. A todo el mundo le cae bien una persona amable.

Eres amable cuando dices "por favor" y "gracias" y haces cosas buenas por otras personas.

Tener confianza en sí mismo. Si eres valiente y pruebas
a hacer cosas nuevas aprenderás a **tener confianza en ti mismo**

porque verás que cuando practicas, puedes hacer muy bien las cosas.

Ten confianza en ti mismo haciendo algo completamente nuevo, como patinar en el hielo, montar en bicicleta, hornear un pastel o hacer un dibujo de alguien que quieres.

Ser buen amigo. Para **ser un buen amigo** debes ayudar y ser amable con las personas que se preocupan por ti.

Eres un buen amigo cuando ayudas a un amigo que necesita ayuda o cuando dices y haces cosas que hacen felices a tus amigos.

Ayudar a los demás. Si una persona necesita ayuda con algo, como recoger la mesa o guardar los juguetes, debes ayudarla. **Así ayudas a los demás**.

Ayudas a los demás cuando haces lo que te piden o cuando les preguntas si necesitan tu ayuda.